U0011802

坡上的見證者

陳顥仁 著

獻給我的父親

推薦序

意象跑酷

◎蕭詒徽

沙特朗回想自己幾個月前剛到梵蒂岡，在廣場撞見總司庫的情景。「神父，」沙特朗說，「我可以問一個奇怪的問題嗎？」

總司庫笑了，回答：「但願我能給你一個奇怪的答案。」

這是《天使與魔鬼》裡一段不到半個章節的 POV。雖然象徵迷惘的芸芸凡眾，但沙特朗在小說裡無疑是個小配角。他向總司庫提出的問題比他還要大上許多——上帝真的有可能是全能又全善的嗎？

小說外，這個問題其實是知名的伊比鳩魯悖論——若神全能又全善，為何惡仍存在？世上一切痛苦與災厄似乎在在推導出一個結論：神要嘛不夠厲害，要嘛並非至善。

丹布朗藉角色之口舉出一個令人折服的解釋：「中尉，假如你有個八歲的兒子，你會愛他嗎？」「當然！」沙特朗答。總司庫又問：「你會盡力保護他一生免受痛苦折磨嗎？」沙特朗連連稱是。

總司庫接著問：「那麼，你會讓他玩滑板嗎？」

聽到這個問題，沙特朗忽然懂了。

兩年前翻開顯仁的第一本詩集，前幾頁就令人虔誠：「我有一個夜晚／你將它拉長」——套用顯仁自己的說法，他的詩善於「操縱兩種物質的連結」，製造「一種中介狀態，將A和B聯繫起來並以某個角度切開，讓原本不被發現的C浮現」；以上述引用的詩句作例，「夜晚」在語言中本就有「長／短」的描述，故「你將它拉長」並非憑空拈來動詞，而是讓詩意依循字詞間的地下水系、影子般地運作著。

讀顯仁的詩，讀者的聯想能力會不自覺地被動用，被摩擦。而他精密地掌握了A與B的方位和距離，不讓它們遠得像強辯，也不讓它們近得像廢話。這樣的作品／讀者關係，總讓我想起總司庫所描述的神：全然地信任，溫柔的縱容。

因為崇拜《愛人蒸他的睡眠》，所以我以記者的身份訪問了顯仁；也因為那次訪問，我得知原本被命名為《二次竣工手冊》的這本詩集正要誕生。那時，我私自思考的問題，是新詩集會如何改良這個寫作路線隱含的弱點：其一是同一組聯想招式若要繼續打，要怎麼打出新意；其二是以整本詩集的尺度來看，詩作的分輯與排序所構築的敘事線如何經營高低潮？

然後我翻開了《坡上的見證者》。這一次，第一首詩就把我撂倒。

同樣操作高超的聯想，顯仁這一次加上了我心目中自由詩既艱深又基本的技藝之一：節奏。我指的不是從音樂系統中借用的、帶有時間意涵的聲響，這裡的節奏比較接近另一位作家寺尾哲也的說法的反向應用——寺尾認為，在短篇小說中給予讀者在理解上的安全感、進而讓他們投入的方式，是增加重複的頻率。而我認為，理想的詩節奏是有意識地收斂重複的頻率，使讀者在閱讀時的注意力始終被幅度恰好的變化抓住，卻又不至於因變化過於劇烈而摔傷。

我在〈喜餅店〉、〈化石再利用委員會〉讀見這份節奏感的準確，又在〈除非你知道我腦內的天氣〉感到武功大成的從容。其後在〈鈍物〉裡，這套變化疏密有致的技術再從字詞上升的變到感官上的——上一秒，我還跟著散體的行文等速徐步，下一秒文字直接抓拍特定景物，這一轉竟讓重複不像是重複：「南洋杉／南洋杉／／一個圓／高高的拱／一個圓／／（磚塊）」。

這已不只是意象的銜接了，是意象的跑酷。

與前作另一個主要差異，是這本詩集與顯仁另一個專業「建築」的緊密相依——詩集中每一首詩都與一座實際存在的建物相關。這一點意外解答了我的另一個思考：詩集以建築類型分輯，並以跋詩之外高達十一輯的切法讓場景更迅即地轉換；比起歌單，《坡》確實更像一本地圖集，讓閱讀感向並置靠近，而非預設一種線性邏輯。

我仍舊擔憂企畫性質強烈，會讓詩作與書寫對象的主從問題浮現。不過，這個作法也在意料之外的細節上給我啟發：因為整本書都用建築作為語境，作者得以自由動用專有名詞，收容日常用語無法一蹴可幾的繁複意思。你可能需要額外查詢 deck 板、花鐵板、落水鍊和鴨居的意思，但它們會讓你詫異於兩三個字所可以壓縮的意義。這些知識性措辭的介入也稀釋了顯仁經常強烈的抒情，也是令人意外的效果。

同樣身為寫作者，我總想像別人寫詩時也會有崇文字而小其他的心情，但顯仁的這些作品在這個層次上也教育了我。它們仍有凸顯建築的企圖，有時這些企圖使我感覺那首詩無法完全單獨存在，卻強調了建築如何改變我們。這樣的啟發，可以在輯六「裝置」的三首作品中明確體會。也許，詩不一定要蓋得比房子高。

就像伊比鳩魯悖論，我此刻覺得詩的寬度也是高度的一種。顯仁終究在《坡》中將他口中「並不那麼深愛」的建築延伸為思辨：這些詩辯認出一座建築的裡外如何遮蔽、篩選、竄改人在城市中的所見與所愛，妙的是我們對安身立命的追求經常蒙蔽我們對身與命的覺察。經常想要擁有一扇窗，忽略自己如何被一扇窗擁有。

沙特朗回答：「是，我想我會讓他玩滑板。但我會叫他小心一點。」聽完，總司庫又笑了，「就算你有能力保護你的孩子，你還是選擇讓他自己學到教訓？」

「是的。痛苦是一種成長的歷程。我們可以從中學習。」

那是沙特朗的跳躍，也是詩的跳躍。讀完顯仁的詩，你會忽然懂。

目錄

「在我的眼簾下面，我保存他們永遠年輕的城市。」

—切斯瓦夫．米沃什（Czesław Miłosz，1911-2004）

圖　謝宗諺拍攝

一、商業空間

喜餅店

——寫在通過《司法院釋字第七四八號解釋施行法》
隔年大遊行後

喜豐香餅店

「一個工地的前門
並不總是與後門對齊的」

在吊車運來
第二棵楓香的那天
我站在二樓的陽台
鐵窗是菱形的
對面大樓的保全身穿全套制服
我可以看見吊車的脖子
樹的枝葉在旋轉

上頭還有藍色的塑膠繩

牆上有方形的開口
泥作師傅來過
下午鐵工要進場
之後是業主
業主會在秋天結束之前

他們把模子帶來
紅龜粿的、老喜餅的、我也分不清楚的
各式各樣的凹槽
以及凹槽裡的花
像是房子裡的房子
像是

我進去角落傾斜的茶室
房間裡還有一個
小的房間
打開來都是燙金的字

十里百里的傍晚
燈泡在老玻璃瓶中把金箔攤開
像是日子裡還有
而我們將剩下的都熨在上頭

——合風蒼飛設計，2019年
改裝完工

手扶梯

消失的誠品書店

我喜歡手扶梯
手扶梯把我穩定地傳送

搭配張望

手扶梯其實是一種纜車
每當有人在維修時打開它
就像看著對向的纜車停在半空中
車廂裡播放著五顏六色
油漆狀的電影

不久就把車廂灌滿

直到玻璃窗飽和得像是一張色票
我也不疑有他

每到一個新的樓層
車廂門就打開一次
紅色的人
紫色的人
粉紅色的人
鵝黃色的人

我也喜歡看地板上滴得到處都是
乾掉之後油漆形成新的皮

直到纜車到頂了
所有人都得下車
有人還堅持往上走了一段
去看不會滿出來的電影
儘管爆米花會黏得整支手都是
像望遠鏡

跟星星的關係

像天線跟動物的關係
我總是不隔多久
就上來一次塔台
然後再若無其事地離開

這麼巨大的天線塔
其實是一支乒乓球拍吧
不時會有球來
像空氣一樣的透明乒乓球
沒有球的時候
就拉好衣角站著

久了以後鞋子上都是動物
好像是長出來似的
之後是褲子上、肩膀上
最後是頭頂上

我喜歡在裡頭亂逛
從「食譜」一直走到「語言學習」
但是我知道我有一個房間
我後來知道凡是彎彎曲曲的都可以叫做等待
於是我等待
於是我等待一個房間
我才慢慢接近它

然後我就成了植物

我可以看見蛇窩在哪裡
我可以感覺到螞蟻
山羌、穿山甲、白頭翁
水在我的腳尖
水使我輕盈
然後我像摘蘋果的少女一樣
用籃子接住每一段陽光
直到天黑

但我偶爾也會碰到聚會
蕨類的聚會、針葉樹的聚會
成群的苔蘚的派對
我也聽得津津有味

比較像是健康步道
我媽就會這樣說
下山的時候還要倒退著走
比較不傷膝蓋
我想是因為倒退的時候都是多的
前進的時候都是來不及的

其他人都是視若無睹的
因此我變成一個發明家
土地界碑、垃圾桶、
破裂的水管、青蛙
青蛙
我很高興我見到青蛙
牠目送著我倒退離開

我每一次離開
我知道我每一次來
從山腳下搭纜車
纜車的油漆裝滿又潑散
我把錢都花在這裡
我媽並不阻止我
我媽總是幫我準備毛巾

還有我爸
在他那裡更多的是標語和號誌
前方日出
請小心駕駛
前方黃昏逆光
請小心駕駛
小心野生動物
小心火源
請勿野炊

然後出現一條條黃色和黑色的反光線
亮晃晃的

我每一次來
我知道我每一次離開
有時候太陽跟我說
有時候月亮跟我說
詩人
我們為每個人調的顏色
將他們注滿
但你是透明的

原來我是透明的
但我以為人是一個單色的
譬如他們有一個紅色的片場
裡頭有一張紅色的導演椅
紅色的劇組人員四處奔跑
手上拿著一份紅色的劇本

是這個塔台找到了我
在第一個天亮以前
換出了我的顏色
塔台蒐集了各式各樣的顏色
原來我沒有顏色

像是一把手扶梯
在沒有人的時候
靜靜地來回

最後停了下來
單純地等待
山豬群一階一階地向上爬過
透明的山澗水
一階一階地流下來

直到
再一次運轉起來
從黑色、到深紫色、深藍色

空氣的味道
我可以看見自己的肺
藍色、淡藍色、淡黃色

我離開了很久
再回來的時候
塔台已經不見了

我曾經在那裡買過很多詩集
但那裡不見了
我站在山頂呼嚕嚕的纜車站
看著另外一個山頂
那裡有一個新的塔台
西裝筆挺地站著
一支新的乒乓球拍

——於誠品台中新光三越店，三大聯合建築師事務所設計，2000 年開始營業

不動煙火

少少　原始感覺研究室

把網子拉上
蝸牛
沿著潮濕的金屬管
你的座位
旁邊有一盞銅燈

光的桌椅
下午的木頭
亞熱帶
厚綠色舉手
你抬起頭
山暗下來

你是明度最低的歌
歌在
空氣皮層
針織網
灰黑色的香氣

雨不斷下來
有些什麼正在衰敗
有什麼在展開
舊的新的溪山
我見過蛇
像不動的煙火

——自然洋行建築設計團隊，2014 年完工

就像一顆毬果打開裡面有完整的一天

裡面有三分之一的睡眠、五分之一的

飲食、

半張桌子，

加上建築師手中小說的第二個章節

圖　勸美學提供

圖　盧美翠賢共

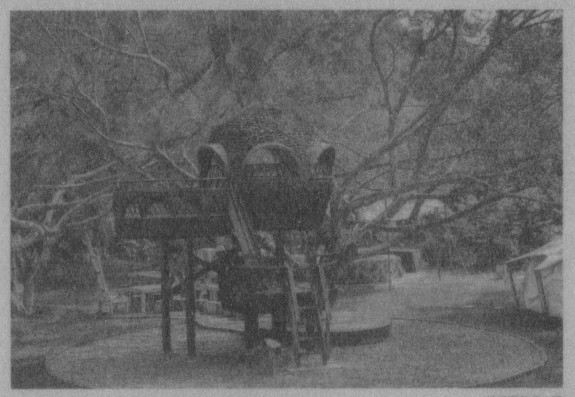

九零後

樹屋三連作

有一天醒來我切掉古典音樂
我想燒一些木頭在早晨
早晨洋蔥似的光裡

一批燒杉雨淋板
建築師在火焰離開的地方端詳建築師說
「我喜歡柳杉」而我想
這是詩意的
柳杉沒什麼節眼客人喜歡
一棟房子不張開眼睛
於是我們燻它

譬如烤一顆毬果毬果因此打開
譬如烤窗戶
在那個頂端木頭不好張羅的地方我們
改成銅製蓋板
然而那就不是木工的那是
鐵工的
被一個獵人推開
天窗以及抱枕
「這可是一個樹屋」獵人說
但是不碰到樹
我想這是詩意的
結構技師讓每一支樓梯搖晃但
不致倒塌這是
一個柔軟的故事

就像一顆毬果打開裡面有完整的一天
裡面有三分之一的睡眠、五分之一的
飲食、
半張桌子，

加上建築師手中小說的第二個章節
那裡有一個城市瑣碎但正確
居民永遠在討論海邊
海岸跟沙子的區別
燒杉是否比炭來得更直接

我想這應該是
詩意的身為一個木工處理疏伐材
不問火也不避免明天
搭一座房子
寧靜且專心地
遠離早晨

——蕭有志設計，2018 年 ADA 新銳建築獎佳作

少年的最後一個傍晚

綠光計畫范特喜文創聚落

作為一個二樓的平台
除了採光
你問我
我還關心什麼問題

他們如何接近你
他們如何找到背面的樓梯

我等待麻雀
等待十八歲
我等待他們從門裡面出來
十八歲的時候

最接近城市

他們如何圈住你
他們如何躲開一棵樹

五公分、五公分地
愛另一個人
那樣子計較
一個下午
假性的盆地上空不停的雲

他們如何上
他們如何下
他們如何符合消防逃生的動線
他們如何經過容積建蔽的投影
他們如何老去
他們如何老去並且測量

黑色的扶手
在一個舊日的傍晚一個少年不停向後
如果城市是心碎的那麼城市的背面
少年心想
我要走到那裡
比每一台公車的終點再往後一站的
我要走到那裡

燈亮了

在那麼一個瞬間
我看見少年停在那裡，抬起頭
整個城市變成了黃色
他發現了
他發現了，並且驚訝不已

——范特喜微創文化，2011 年成立 1 號店

二、廠房

陰陰的天裡比做愛更重要的某些片段

十鼓仁糖文創園區

1.

我想糖就是在那個時間變得急
包括小種蜜
糖漿
所有圓的東西都有某種規律：
我們沿著放樓梯

2.

或是輻射出去
像一頂

空的帽子
陽光走下鋼鐵
懸著的燈在你的頭上繞一個圈

3.

開過窗的顯得更亮一些
deck 板、老的工業電扇
你的背影
途中有許多參觀用的樓梯
我們不斷上上下下
有許多荒廢的機具被光開啟

4.

像簡易的工寮
臉是輕易的 deck 板反覆開窗
人像花一樣懸垂
有些被接住

有些打開

5.

我說材料都是對的
包括雨水
包括那些讓你不開心的
包括昂貴的雙人門票
包括我們曠日廢時的眼睛

——葉世宗建築師事務所，2013年完工

餘火

HEITO 1909／屏東縣民公園

颱風前夕
天的一頭是半截彩虹
另外一頭是鐵鏽色的玫瑰傍晚

燈在 18:42 分的時候亮
我們回到地坑

殺蛇溪有微微的水聲
但其實也像說話
迴響在世界的盤子底

陶瓷的、凹底的聲音
我看著你拍照的背影
餘火都留在你的身體

——衍生工程顧問有限公司，2021 年完工

日光有限公司

花蓮舊酒廠

藍綠色的塗料
窗框
木頭的
鎖

很久以前我也到過這裡
造訪過所有的緊閉

但今天樓房後退了
那個弧形
我看著他哭

這麼大的窗戶
這麼放心的戶外剪刀梯
看見
龍舌蘭的花
伸過三米

那些秘密的房間
也曾經目睹過雲

所有降下來的吊燈
銅的門把
在那個秘密的轉角
我曾經一個人站著
面向日光有限公司

——1913 年創立花蓮港工場，戰後由公賣局重建，
2002 年規畫為花蓮創意文化園區

蜘蛛

車埕木業展示館

雨下得很大
蜘蛛把腳併起來
伸長
鵠立在池子裡
仰著頭
維持著一個祈禱的姿勢

慢慢地
連木材都漂起來
像梭、像輪子一樣旋轉
隱形的絲
把車廂都串起來

一杯細長的酒被端上
透光的表面像是巴哈
像是凌晨的天色
旋轉
然後慢慢見底

黑色的眼睛群
不斷滾落
山坡
在山坡的關節處
拉出斜度的銀色鋼纜

一座星星谷
最後稀薄的夜晚被包裹在蜘蛛的下腹
一個潔白的、
帶著香氣的卵囊

圖　謝宗諺拍攝

圖 謝宗憲拍攝

我們站在門外
直到整扇門都溶解才放心離開

——鄧寧建築師事務所、中冶環境造型顧問公司設計，
2008 年完工

化石再利用委員會

——寫在洪珮瑜「明室」新歌巡迴演唱會台北場後

原台北酒廠

每當有人問起我房子形狀的問題，我總說我不知道。

我得先了解恐龍的內臟，才能知道牠的骨架、牠的皮膚，牠的手、牠的腳，和牠進食的關係。

燈光從舞台上來，把一片溶溶的宇宙照出輪廓。

但這是城市，空間才是隱密的宗教。

扣掉從不歇止的交通動線，一棟、一棟的房子變成不動的王，在你理解之前，是空間決定了城市的娛樂型態。

歌手身上穿的黃色洋裝有等高線的紋路。

樂手在11米×6米的架高舞台上演出，室內挑高8米。觀眾在20米長的台下跟著音樂的形狀搖晃。

有人説一開始他的眼淚就掉下來了。更大的、一種海王星式的祝福。

如今我們在恐龍的骨架裡開演唱會，我們變成了內臟。

變成一顆蛋裡的卵黃、變成一支玻璃酒瓶裡的酒。

我們共享著那份居高臨下的幸福。

——Legacy Taipei，於華山1914文化創意產業園區，
原台北酒廠於1914年竣工

三、賣店

咖啡豆車廂

Caffe Fiore 珈琲花

鎢絲燈泡像鐵軌一樣
送來一台老舊的運煤車

我想像一趟車程
夜晚盯著我
像盯著其中一節黑色的車廂

如此袖珍
簡直像個模型
對夜晚來說

而還有人在縫隙裡
養貓、焊接
花鐵板

做一個小陽台
一整年
把花烘乾
替偶然的客人
煮耶加雪菲

當你低頭盯著你的杯子
裡頭還有一個夜晚

像豆子一樣停下來
像花瓣繼續向外展開

老闆娘的咖啡壺燒出水氣
天窗變成煙囪
車輪緩緩啟動

我直到這時才看見今晚的月台

——自力改建，2014 年 10 月完工

肉桂

琥木咖啡

揉完麵團之後推開
變成巷子

店像一支鐵的咖啡豆勺
陷在院子裡

一切都沿著水泥階梯往下
一個輕鋼構的透明蓋子
追蹤吊燈從軌道一路到浪板牆體
被磨成粉之前
仔細思考
自己的味道

然後反覆忘記
難以克制
巨大的窗前夜晚有一半沉在土裡
偶爾見到堅果
偶爾見到星星

等待的人
抱一顆正方形的小小燈箱

關燈的人
懷著肉桂
安一扇又一扇老銅窗花

——承租改造，2020 年開始營業

我在階梯上停留

茉莉二手書店台中店

第一次穿過公益路
、暴雨
、晴天
、夜晚

身為一個建築系學生
我在階梯上停留

我在階梯上遇見的比地面的多
或者我並不
隨時做好心理準備

那些植物總是綠的
鐵銀色的扶手
電動門一開迎面而來就是一個轉角
因此我充滿高興
心懷感激

我告訴那些沙包
我告訴那個傘桶
我告訴門上那顆左右搖晃的鈴

我只留下右手
請讓我在階梯上停留

——2010 年開幕，
「台中全國」大樓由華太建設於 1994 年完工

朋友

有河書店

像遙遠的繩子一樣牽著我
一間書店

我的餘音在太陽下走

拉著我的在泥土上留下刻痕
像錨一樣

在異地的城市找一間書店
像一個從未謀面的朋友
我們把玻璃
從海邊搬到這裡

我有這樣錯誤的認知
第三次
我蓬頭垢面地來到這裡
他說我的朋友
你是不是曾經來過

——2017 淡水店休後，2020 於北投重啟

除非你知道我腦內的天氣

花蓮時光二手書店

米黃色　　木板
海藍色　　窗框格
海祭廣場　　箭頭
秋天　　柱子
平面　　衛星雲圖
準心　　蘆葦書
媽祖　　立冬

——日式木造建築，2003 年開張

藥櫥上的外星人
顯微鏡、香蕉和燈管
老藤椅、
羅馬柱和音箱
我的頭上的
那隻孔雀
我的桌子上的一把椅子

圖　島東譯電所提供

圖　晶東輪譚泡曠埠

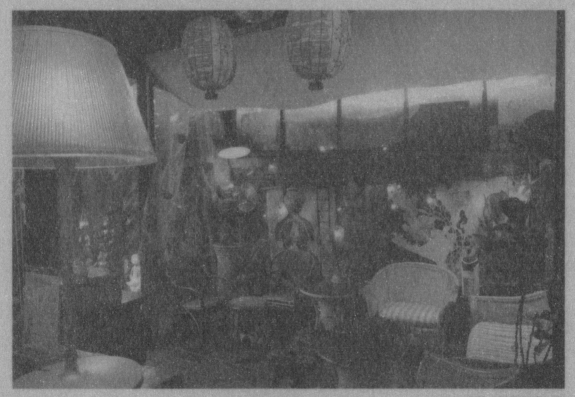

像雨停下來

島東譯電所

２０２０的最後一天
我們打算做點什麼
跟這個年告別
譬如找個人給更多人
唱抒情歌曲

最好是一首經典
天空很乾淨
感覺所有舊的都能再次成為舊的
我伸手　摸到冷的觸鬚

這使人安心

在長長的街上
追蹤冷的尾巴
有人把巷口一個接著一個上鎖
並在下一個
留下線頭
跨年夜的花蓮並不如想像中流利
到了島東門口約莫已經４０分了
照舊從後門繞進去
遇到布簾
低下頭
跟阿光打招呼

好了這是一個結尾

當你看電影時你偶爾也會突然這樣嘆氣說道
啊，好了這總算是一個結尾

人這樣疏落
圍巾這樣長
我隨時可以停下

跟光媽點了一杯喜上梅梢
蔓越莓的版本
像一片沙地
即將燒成玻璃
樓梯上的一個男人
與他的一個女人
詩人與他的編劇

我們共同擁有一間舊鐵路警察宿舍
而南瓜糕都已經賣完

藥櫥上的外星人
顯微鏡、香蕉和燈管
老藤椅、
羅馬柱和音箱

我的頭上的
那隻孔雀
我的桌子上的一把椅子
——共同地擁有我們

門外是一個城市
一個真正的混合
有人說城市
畢竟與一隻哺乳類動物不同

阿光開始倒數
所有不同的人為了同一件事高興
——至少感到期待

一長串的燈泡
從屋前拉到屋後
的那種期待
愛一個人
的那種期待

——當門窗被爆炸推擠

開出花玻璃
真好，２０２０的最後一天
２０２１的第一天，
一群人站在水平帶窗後面
看煙火
像雨落下來
不斷推擠

天空一次一次靠過來

一群人站在水平帶窗後面看煙火
真好
像雨停下來

——阿光，2018 年開張

小貓與木頭

咖啡木

海的聲音
廣場上的聲音
一隻小貓脖子上的鈴鐺
我摩娑桌上的木頭
天空屬於木頭

整個都鬆開來的
那種窗口

偶爾椰子樹也會回頭
透過歪斜的門
回頭看我

像一顆球
沿途自行車低低經過
被沙灘接住

而我老是喝錫蘭紅茶拿鐵
而小貓一再地掉進網子裡

我醒來又睡著
老闆娘剪掉長髮
一整片低垂又掛著燈泡的天花
推開門才知道
海浪也屬於木頭

我夢見你
咖啡那麼深
我謹慎地捲自己的尾巴

——极浪造藝室內裝修，2019 年開張

四、公共建築

青銀

高雄鹽埕第一公有零售市場改建

太陽曬在屋樑上
那些趨於壞的
顯得親切
神顯現在我的汗水
我的暈眩
麵條掛在空中
缺席的紅肉
把整片山坡都讓了出來

我在上面走
每一支單獨的風
都撐著我的額頭

——浩建築師事務所、一起設計 Atelier Let's 設計，
2022 年啟用

我的難以啟齒的舊習慣

屏東縣立圖書館總館

看書、
儀式感、
走路、
樟樹，

像一個濾嘴加在
嘴巴上

吹出聲音
像是遊行
狹路逢敵手的笛手

隔著隔熱的玻璃
產生快樂的效果

我有一些
難以啟齒的舊習慣
有人幫我改裝它

變成一個市集
一個廣場
我的念頭走下樓梯變成一塊雞蛋糕

隨時遷化
萬物剛好

——張瑪龍陳玉霖聯合建築師事務所增建，
2020 年完工

回程

向山行政暨遊客中心

在桌前擺一只杯子
提醒自己
有一只更大的

倒水的時候
想及更大的
走上山坡

我們賴以前進
那些洩水的坡道以及孔洞
賴以移動
那些金屬

在太陽下發光
我們剛花了一個小時上山
盯著遊覽車裡的欄杆

所有的都變得模糊
燥熱且空曠
記得看到剖面時如此激動
比起索愛更
激動一點

你怎麼不提醒那個下午
指著他
指著那些蝟集的
然後豁然散開

——團紀彥建築設計事務所，2011 年啟用

風吹過漂木
操場
一群裝著輔助輪的單車
像水車輕輕轉動

圖　陳顥仁拍攝

圖　陳顯仁拍攝

在十八公尺高的棚架底下

羅東文化工場

我的寂寞的身體
在大的階梯上坐了下來

風吹過漂木

操場
一群裝著輔助輪的單車

像水車輕輕轉動

孤單的人在階梯的另一側彈吉他
待在同一把階梯上的人
我們共享著極細微的色差

太陽彷彿停在一個地方
以一種不令人擔心的方式消失了
你不問為什麼嗎
或是那些鋼鐵木頭所作的夢的內容

池子一樣的白晝
輕輕晃動

為什麼是身體
或是在哪裡
那一個透過水體一波一波傳來的
已經收起來了的泵

——田中央聯合建築師事務所，2014 年完工

相愛以及那些重複

台東縣原住民文創產業聚落

我們不說話
輕輕擱置在蜂巢上
平靜的結構以及平安的坑洞
燈光走進來
經過一個部落的女人
燈光走出去
一片巨大的葉子覆蓋我們
我們了解
而了解是偶然的事情

你有電話
我們有欄杆

風模仿樓梯的動作
（我模仿你沒有的那些部分
店打烊的那些玻璃門）

但台東是沒有方向的
你不要辨別
台十一線並不去也不來
月亮用最緩慢的速度在
海上彈跳
這是一天

我們在都歷的路上開著大燈調轉
重複再經過一遍那些美的醜的房子
這是一年

——郭英釗，九典聯合建築師事務所，2016 年完工

所有的麻雀都停在上面

台江國家公園遊客中心

我們說話
超出水面
我們是高處
高處的意思是影子
影子的意思是
風扳開巷子以及
被蒐集起來
趁著太陽的背面
我們說話的時候並不曉得海一輩子要產出多少蚵殼
然後所有的麻雀都停在上面
愛是我對你的剖面毫不遲疑

——九典聯合建築事務所，2016 年完工

五、廁所

總覺得太陽是不動的

冬山河閘門地景公廁

總覺得太陽是不動的
我是不動的
雲的形狀一整路上都一樣

熄掉機車引擎的火
小小的漩渦

藍藍綠綠的膠筏
終於爬上陸地
蠑螈一樣的皮膚慢慢變成人的

安靜的灰色馬戲班
多麼懷念土
野草相銜成環
金屬一樣反光的時間把我和尾巴切開

——田中央聯合建築師事務所，2009年完工

容器

東眼山森林遊樂區自導式公廁

筆筒樹已經晚了
但並不容易發現
——打擊樂
陽光與那些中空的膠囊

肩膀上的鳥巢蕨
過夜的人
滿頭臉的露水

穿過枕頭上的洞
小王國

剩下的龍變成了杉樹葉
那麼小心翼翼攀在鋼構上的火
我是它遲到的容器

——立聯合建築師事務所，2003 年完工

工法

太魯閣國家公園九曲洞明隧道工程附屬廁所

愛到用時
如切如磋

愛到用時
如琢如磨

陽光削瘦

將我的敞篷的身體
裝一個燕子的班級

——寬和建築師事務所，2016 年完工

六、裝置

風箏聚集而成光的屋頂
光的棚子
我們將它們卸下然後繫上
再卸下

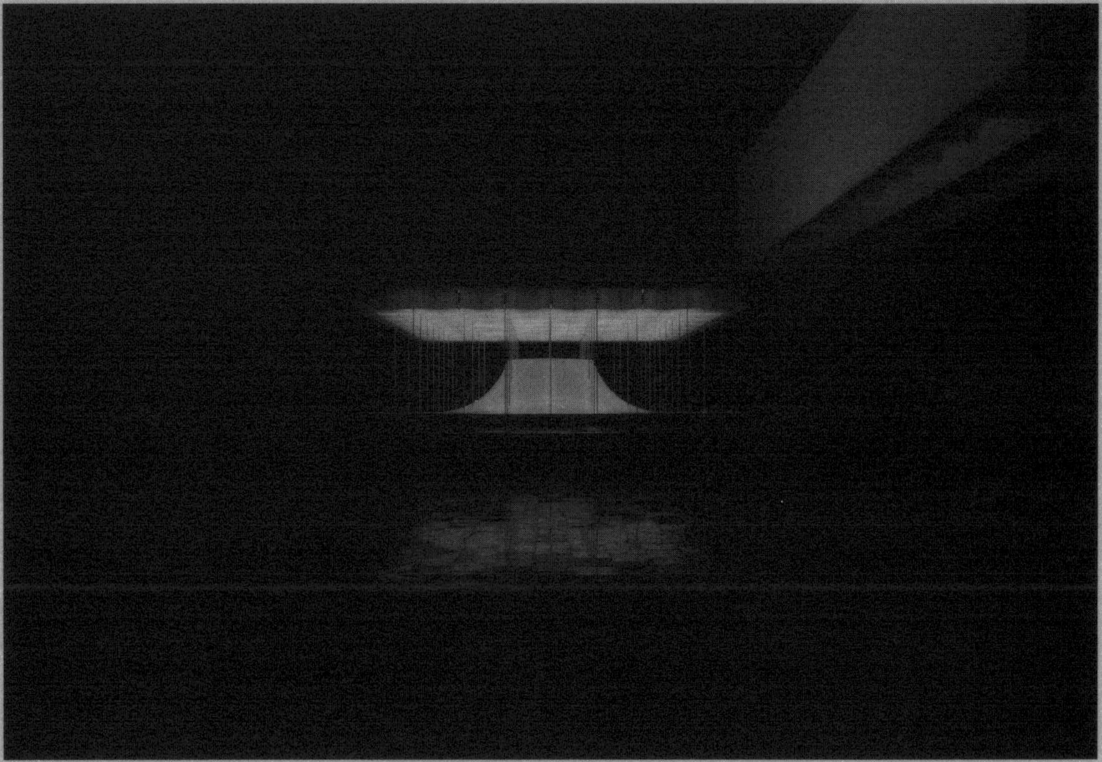

圖　沈庭增建築師事務所提供

箱型風箏

浮光之間

有一天我走出戶外
我看見
墓園上方飄著一顆白風箏
輕盈的
樹木成為樹林

風箏聚集而成光的屋頂

光的棚子
我們將它們卸下然後繫上
再卸下
直徑 3.3 公分的鋼柱

我想起醫院飛走之前
光穿透長廊
我們的腳步用細繩子綁住

固定在框架上

口字型的

一個下午
風呼呼吹過整個六月
而你終於理解了一些

它說

河流沖走橘色的石頭
悲傷是紅色的洞口
你說
夢或者黎明
走進去
像是一個大的房間

而房間適合身體

影子打在身上
像是的樹脂塗料
感覺舒服、感覺有彈性的
那樣接近也沒有關係
彷彿一個早晨
那樣
讓人放心

——沈庭增建築製作，2016 年 X-Site 首獎

浮島

存在的座標、綿雨、浮島、懸橋：

感覺的重量

牆在四周瓦解
我看見
一個早晨

用輕的支撐起來
重的
木頭窗台
時常有麻雀經過
正午的七月
島是褐色的
人是斑點

早晨也接著瓦解
變成柱子
白色的
雲互相掌握
黃昏有金屬的光澤
人漂浮起來
但島沒有
島是一座鍊條

石頭的浪
打在鋁板上
天空是一道紅色的油漆

樹是防風的
如果海
從不同的方向來
你是我的抽屜
我也曾
瞄準鐵製的星星

雲是我的身體，穿過重力
從我的體內拉扯出雨

——陳宣誠，2020年綠島人權藝術季、
2014「空間角落，測量親密」參展作品

臨時派對

供霧所

圓盤系統鷹架
霧的身體
夜晚穿過漏斗
木棧板
有人經過
跟霧交換

一個秘密的臨時派對

身體都被取消
身體都是末梢
派對的邊緣

提供吸管
神凹折出繽紛的肋骨
吹進一顆氣球
感覺到矩陣
矩陣在我的身體裡
  或坐或立

 一個臨時的秘密

假設工程
美術館的容器，超出一點
路肩有霧經過
將吊床拉滿——
懸垂的人
交換星星

    ——偶然設計、陳冠瑋建築師事務所，
    2017 年 X-Site 首獎

七、住宅

鈍物

鹿港靜籬苑

我重新在硬碟的叢林裡找到靜籬苑的時候，幾乎比當時更激動。我從車子上下來，在一個沒有門牌的地方，對著手機上自己的位置截圖，但叢林有它不倦的待客之道，它總是對著我微笑。那裡有每一種形貌的時間。彷彿在正確的季節裡走進正確的小徑，蘑菇繁衍出億萬倍於我手中的語言。牡蠣殼。在從容的包圍裡我成了唯一的鈍物。

南洋杉

南洋杉

一個圓
高高的拱
一個圓

（磚塊）

清澈的香氣鋪成一條長廊
木頭的纖維
把太陽從這一頭接過去那一頭
而我的心高興地捧著一張木凳
旁若無人

——許志強自建，1993 年起造

百年

龜山島民居

風裡頭長大的樹
探過防風的高堤
黃草結穗
遠遠的雲從不降下來但接近

掛浮球
不掛燈籠

深紅色的木門推開卵石
窗推開陽光
一切有縫的
都穿過透明的天花

我有幾道木樑
搭在潮濕的水泥牆上

我有兩座湖
但只用其中一座來比喻海

繞行在時間的背
季風也換過不同張臉
中路上有
很多竹仔林
我有一座廟
但只用前半生移動它

——龜山里民就地建成

路邊有一盤飛魚骨頭

石梯坪高宅

1.

當你問為什麼是五
樹持續地走
感覺雲不斷下降，海如此模糊
走近道路
當你張開手指
房間在指縫形成

2.

房間還在上下移動
有時候是風、有時候是門
有的房間出生的時候就有一個院子
院子裡連著兩張木躺椅
睡著之前

先找到海洋

3.

海洋如此均勻
像一只陶杯
你看見它拉坏的過程

4.

緊鄰著路
一個下午
婦人將飛魚頭串起
昏暗的樓梯，管家抱著麵包籃
穿過五面承重牆
但只有我知道關於
長度，以及長度裡的晨昏
關於房間，
哪一間讓你像箭、而哪一間是弦

——現為民宿「沙漠風情」，陳冠華，1997 年完工

一對巨大、落地的白泥色的聯不斷回想
產生一個深度
人在聯裡面上樓
帶著磚的膚紋
明亮然後
陰暗然後

圖　陳顥仁拍攝

圖　陳顯仁拍攝

九宮格

虹廬

一對巨大、落地的白泥色的聯不斷回想
產生一個深度

人在聯裡面上樓
帶著磚的膚紋
明亮然後
陰暗然後
牆像貓一樣拱出圓洞
葫蘆斜斜地
懸在上頭……

對街的那個人終於來了
但他沒有等到

小小的、重疊的天井正逐漸隱形

離地約五米的地方
飄著一段鋼琴旋律
慢慢降下來
在橘色的夜燈前將形狀顯現

他逕直穿過院子
裡的　　房間
裡的　　院子
他的苦惱的背影

在長長的念頭中明滅不已

——大洪建築師事務所，1965 年完工

單人住宅

建國南路自宅

月亮四面八方而來
穿過玄關

然後像魚四散

我也曾在晝夜裡臨摹晝夜
磚頭拱身
讓光經過
鋼鐵是玻璃的框
在注視裡清脆面南

燈都是間接的

飲食是白色的
也許我更常在
窗上睡眠
床前
將黑色反覆關上又拉開

浴缸與月窗
我站上前把雙手張滿

光像游魚
偶爾我總感覺鰭在身上搏動
你是一條縫
光四面八方來

壁櫥與葫蘆
我也曾那樣收著一對肋間黑色的柱子
金色的
把手與門鎖

當窗格拆毀
影子在地板重疊展開

——王大闓，1953 年完工，2018 年於北美館旁重建

XX

比如說Ｃ跟Ｇ可能是相差九十度的兩顆音
日子偶爾就是
不新不舊不得動彈的偶然旋轉
如此絕對又不明
像立一片弧形的毛玻璃
隔開秋天跟冬天

當我站在陰影
光穿過抖動的玻璃

比如水塔
比如摩擦

比如黑檀檜木紫色大理石
比如不直接看你

你的話語都收在三角形
餐桌或小浴室或床的一側
被注視的時候
只露出隱密的弦樂器

但我有沒有可能
既是凹槽又是舞蹈
捨棄關於書桌或憂傷的論述
跨過夜晚
像預備一場曖昧而浩大的工程那樣
預備一個轉角

——林佩蓉，大林工作室，2020新銳建築獎首獎作品

房子年

黃埔新村眷待期民宿

在混凝土地表打上角材
完成一個方框
再鋪上木夾板
然後拆掉重來——
這是一個房子年

少年C帶來了新房子年的春天
漂亮的落水鍊和鴨居
太陽城的電視
還有牆上明星花露水的海報
少年C接受
少年C不打算開始一個新的

於是還原
模仿舊房子年的夏天
入口處掛的還是誠正新村
炎熱的鳳山
門牌一路掛上了
那些因為迷惘而燥熱的晚上
頭髮濕了
黏在地上的那個少年B

鐵電扇呼呼地轉
貓留了下來
人類用磚塊疊起牠們的廊道
再繞過它們
有些上頭插滿了碎酒瓶

這是一群丘陵邊的空盒子
少年B常常盯著貓
覺得自己是一隻貓

而這是一個老鼠留下來的夢

終於
少年B也慢慢醒來
像貓一樣繁衍

有的時候離開
那是舊房子年的冬天
盒子再次空了下來
有的開了蓋子
有的挖了洞

這些房子喜歡用木材記年
因為木材會重來
但混凝土跟磚塊不會
當少年C扛著木頭回來的時候
當少年B扛著木頭回來的時候
房子偶爾也會想起
發光的軍靴

少年A摘下帽子
掛在木頭的窗框上
心想這是一個陌生的島但
陽光如此強烈
少年Ａ一時想不起來房子的哪裡是牆
而哪裡是房間

——文化局以住代護計畫第六期

三腳渡

劍潭整宅

這個城市的五隻手指都是雨
它擁抱我
我看著房仲的眼睛

我把拉門拆了
我把蓮蓬頭拆了
我把壁扇拆了

半山腰上
黃色紅色的房子滿身的雲

我把橋忘記了
山沿著路下來
我坐在窗台上
我想這個城市以為我有花苞

長長的走廊
房子相對
據說動土那一年來了兩個大颱風

在這裡長大的人說這裡像小鎮
但我忘不了大水從家門口對面的田裡淹上馬路
以及母親口中我出生那個罕見的寒冬

——有巢、中國興業、德聯、利眾建築師事務所聯合設計，
於 1971 年完工

八、宗教、紀念性建築

在黃色的丘陵上，匍匐的
一隻穿山甲
仍舊用牠的頭和尾連結著地底的教堂

圖　謝宗諺拍攝

圖　橋梁澆置施工

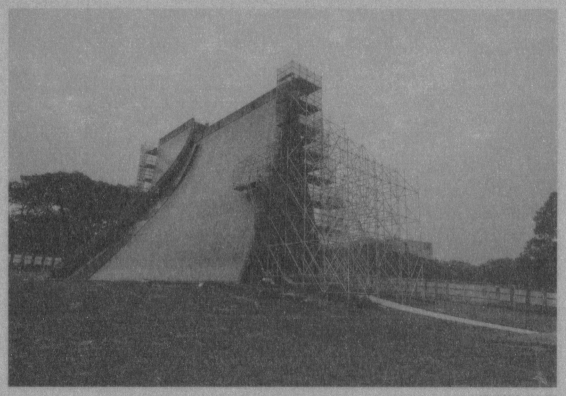

穿山甲

路思義教堂

1.

舞會正要結束。暗暗的
樹有一個方向
像聚光燈
打在路過的晚雲上

人照著它
果然找到一棟房子

2.

在黃色的丘陵上，匍匐的
一隻穿山甲
仍舊用牠的頭和尾連結著地底的教堂

3.

透亮的、菱形的
人散落在一旁的草地上
蹦蹦跳跳的狗
鳳凰木的枝條壓在人行道

而且還在不斷向下
我的手掌
我的腳步

一個深夜裡獅子座的每一顆流星

往城市的方向
但法向是地心的，物理學或是
骨頭都是土壤的

4.

我的整個身體
沿著天窗的軌道

抵達葉子的最尖端
摸到露珠

5.

鐘聲也是會往下墜的
於是溝通也沿著山坡
外環道路
涵洞和高架橋

6.

偶爾快樂的時候
穿山甲也會把鱗片張開
讓光照在每一張椅子上

——貝聿銘建築師事務所，陳其寬設計，
1963 年完工

疫情期間全寺不開放

法鼓山農禪寺

鷹架還在的時候
我從大業路來

我看不見的金剛經文
長出殼
光打擊在上面
像巨大的昆蟲

我一直盯著那些錯落的小佛像
空氣中有震動的薄膜
柱子告訴我的都是縫隙
有人回答玻璃

但我不同意
誰養了這麼大的水缸
有什麼不能放進去

譬如擁擠
僧人或者水泥
僧房或者玩具

連水問我的我都
那麼難確定

當我這次從大度路經過
只有布條
和後面長長的屋頂
我要忘記垂直或者水平

——大元聯合建築師事務所，2012 年完工

琵琶

登陸月球紀念碑

牆的回音
變成窗戶

月亮走在一支隱形的長樓梯上

直到
找出實心與空心的樹
樹的碎花

往對稱的拍子中間
下你的斧頭

把一切區分開來

之後，你才終於在那裡放上一張厚重的木椅子

安安心心地坐了下來

——王大閎，1969 年於雜誌發表

長廊

大溪齋明寺增建

佛在
一月的光裡
佛在
三月的光裡
佛替
五月披垂的陰影修剪

一片
木魚
一片
漣漪

一片袖子
灰僧房伸手提著磬

一片
櫻花倒長進來
影子撞倒拖把

櫻花樹
陽光走不同的鋪面
穿過長廊
沉默的日子裡
雨水垂首
滴進石缸

——孫德鴻建築師事務所，2010年完工

小丘

渭水之丘、櫻花陵園D區納骨廊

小丘連著小丘
太陽拉著我的引擎
像拉著一台纜車

看見整個平原
也必須看見平靜的彎角
石板靜靜嚼食著陽光
黝黑的羊群

生命在這裡被放牧

汽機車在迴轉
更多的向上
除了儀式以外
渭水之丘的板子自在地躺著
那不是人們的這一生

人們多讓開
太平洋也讓開
遠方有一座島

我遠遠地看著
像一隻飛翔的海鳥正猶豫牠的巢

——田中央聯合建築師事務所，公墓於 2009 年啟用

噴泉

——獻予我的阿媽王陳裁

東海火化場

在兩個廳之間
夾著無數
細細小小的廊

我母親說
遮以前連桌仔都囥袂平
塗跤有水溝
現在好多了

那麼多人經過那些柱子那麼細心
停在電動門前
抬起臉
太陽替每一個人把皺紋都焊上
隔著玻璃淡淡的倒影
看見時間如噴泉

九、校園建築

那一座山裡的小山
丘陵裡的
更小的震顫
讓掌葉蘋婆張開雙手
春天掉進水池

圖　謝宗諺拍攝

圖　謝宗諺拍攝

荷葉之一

東海大學新建築系館

斜斜的
麻雀沿著荷葉向下滾
滾下樓梯

那一座山裡的小山
丘陵裡的
更小的震顫

讓掌葉蘋婆張開雙手
春天掉進水池

漣漪的谷地

把鰭張開或收起
反覆練習
把尾羽張開或收起
反覆練習
爬樓梯
站在樹枝上

瓦片的睡蓮
合院的藕

穿出水面

看到我正在裡頭走
看到房子正保持它的笑容

——漢寶德建築師事務所，1976 年完工

荷葉之二

東海大學原藝術中心

雨的蓋子
夕陽流到中間
乘著傍晚
中庭藏著一支小型樂隊

銅管的庭園
一整支長長的荷葉細細地震動

以及另外一支
以及荷葉與荷葉之間的小門
水竄流其間
愉悅的快板

短暫的快板

一個交易詩歌的
市集一般的快板
一個城市的雛型的快板
燈籠的快板
在見證和遺忘之間
不連續的眉毛一般的快板

在發現早晨的時候
早晨已經是早晨的樣子
在荷葉的盡頭
已經沒有人抓著雨的

快板，我一個人
跳舞在乾枯的池子底無限旋轉

——陳其寬，1962 年完工

最後的獵人

花蓮西寶國民小學

「我再也沒有見過更亮的石頭。」

把山摺疊
昏暗的蜂房
我身上有最後一袋小米
我的戀人啊

粉紅色的山櫻花

還沒有開放
我扛著所有材料而來
雲是語言
雲負責說

「我的戀人，
沉進太陽的血裡。」

山勢
半傾啊我的獵刀
刀的半山腰
蟬聲嘶鳴
我曾經唱過一首歌
讓春天指著我

掉落的
箭的尾羽
變成屋頂
我的戀人啊
石頭如今是一扇門

「豆娘吃掉所有顏色，燒陶師傅撿牠們的卵。」

我對著高窗
高窗對著竹子
竹子向天空紡織
房子跟煙沒兩樣

今夜陷阱數次墜落
我想那是月亮
我夢見孩子
我該去見你
更深的山
在更深的山路上

——大藏聯合建築師事務所，2003 年完工

影像

——寫在九一八花蓮玉里鎮災後

潭南國小

像個搖籃一樣
然後倒過來

像一首搖籃曲
然後倒過來
石頭、草地、樹
媽媽、爸爸

房子是倒過來的船

家是倒過來的水窪
悲傷突然來了
像是倒影

一座飄過去的山
我的悲傷
慢慢地划槳
地面還在搖晃
慢慢地划槳

然後憤怒
在那些快樂的小徑上
舒服又堅硬的憤怒
風帶走了我的聲帶
我一併也失去了聽覺

圍繞著學校
有一圈新的操場
舊的路又倒了

草像操場一樣冒出來
舊的橋又倒了
看起來那麼慵懶
那麼綿延

——姜樂靜建築師事務所重建，2001 年啟用

學院

國立東華大學

上了樓梯之後
靠在欄杆看著筆直的露天走廊
這是一個橘紅色的學院
外面是山
我們是向山借來的
我從第一天就看著
可數的塔
在那些晴天或雨天
水沿著石頭的縫
將它們一點一點地還回去

包括我的矛盾
像那些鴿子
以及那些防止鴿子的尖刺的關係

像鴿子的巢
安然地築在圖書館一扇隱密的窗台之外
為了使我看見
那些卵

那些突然從田間飛起的雉鳥
那些雷
那些半破敗的腳踏車
在有限的時間裡終將順利地切過

我的老師的窗子
安安靜靜的櫃子
像秋分的太陽
我閉上眼睛
讓眼尾張開如蒼鷹的飛羽

當白雲集體從上方經過
房子像一個繭結在縱谷的北方

——Charles Moore、賴朝俊建築師事務所，
於 1993 年規畫　完成

十、展演空間

來到隱身在坡上的房子前
有那麼一刻當事務所在萬般苦惱地保留林相
但這些樹木渾然不知
草渾然不知
它們朝著星空全然地展開

圖　陳顥仁拍攝

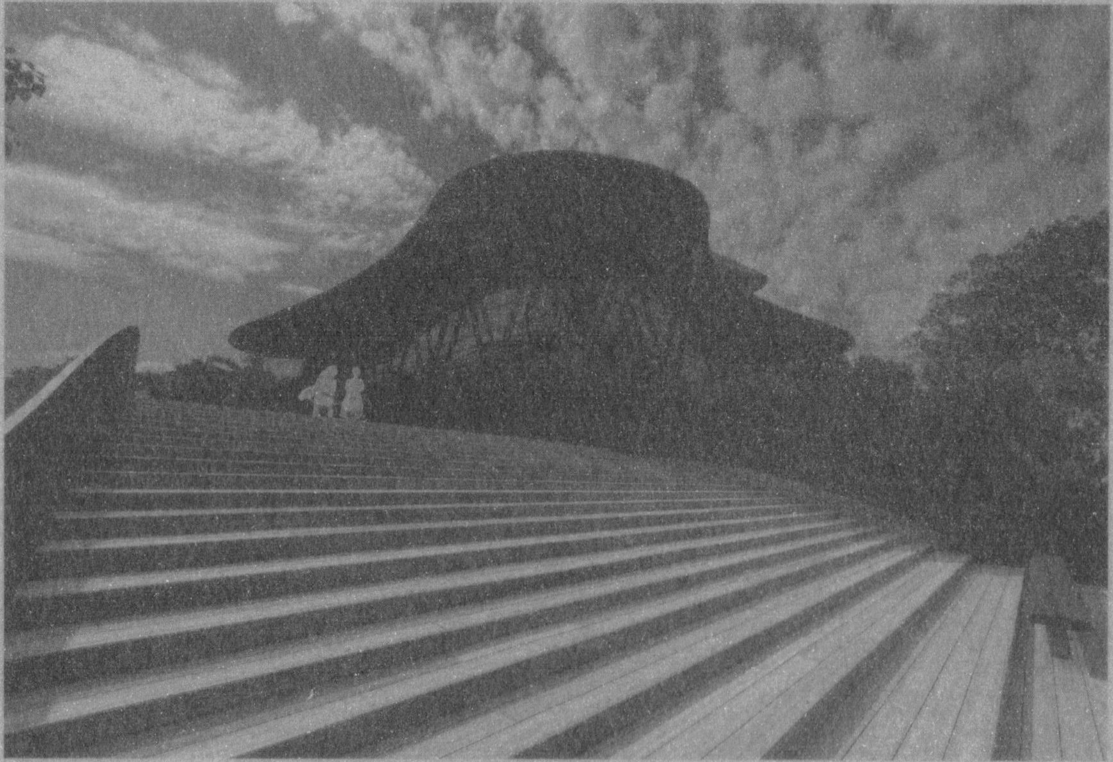

圖　陳顥仁拍攝

見證者

雲門新家

夜晚在拉鋸
我們總算各分得一些
山遙不可及
機車跟星星一樣遠

來這裡看戲
看小朋友、看狗
山坡、星巴克
和一望無際的台北

最長的序幕是淡水河
那一條詩裡面的、

歌裡面的淡水河
以及不可豁免的寒冷

來到隱身在坡上的房子前
有那麼一刻當事務所在萬般苦惱地保留林相
但這些樹木渾然不知
草渾然不知
它們朝著星空全然地展開
一批見證者

戲散場了
人們像水從石頭上散去
見證的人
擁有苔蘚的睡衣

——田中央聯合建築師事務所，2014 年完工

神在黑色的房間

台中國家歌劇院

其實那是一個過程，把鋼筋桁架綁出弧度，外圍包上不用拆
卸的鋼網，由上而下的澆灌，並在最外圍噴上水泥。這時候
你會看到半個葫蘆，或半個酒甕，在水裡頭或水外，往上像
一個貝殼打開，天空是一張嘴。

把雲吐出來
塞進歌劇院裡
一如結構塔
旋轉吊車一如奶瓶刷

然後轉彎，樓梯是無數個小的台階，模型是世界的某個部位。

關於消失的露台
我跟著你
幕塔的高度四十公尺
舞台是垂直的花園

歌不斷往前而表演是
下沉的沙粒

我在裡頭看《毛月亮》，看見肉身被放大，看見肉身旋轉——紅色的鋼骨、鋼筋上的鈎爪，你見過RC的組織與牙齒。6號鋼筋的山水，行者緩慢環抱，水泥吐出一口長氣。

手一路伸長
頭頂著時間
光的花灑
地板是冷的

你是階梯
有限的斜率
明天是一條長的扶手
你是明天紅色的骨骼

我見過你的毛孔
像熱陶瓷
城市正龜裂
城市的藍色周而復始

我到過一次後台，我也中途離開。伸手碰觸十米的布幕，感覺到洞穴。透明的電梯，懸浮標誌，洗手間在穿梭與穿梭的，低頭緩步，群眾的禱告或者呢喃。光在外面，而神在黑色的房間。

——伊東豐雄建築設計事務所，
2016 年再次啟用開幕

關於三角形

台南市美術館二館

關於三角形我們談論
六角形其實是
六個三角形的
我們無法屏除我們的四肢相愛

光像一張琉璃網
我們牽手、旋轉

彷彿所有的展間
我們進去之後出來
我們在展間之間行走尋找
譬如上一張畫是
下一張畫的巷子
我們沿著打開的窗戶

窗戶沿著貓
貓沿著磚塊

我們被時間說服然後變老
平台上的樹正在長高
我們隨時可以看見外面
我們隨時可以停止
太陽被雲關上然後打開
我們消失
於是出現

像編曲中的貝斯反覆
三角形的低音部
我們是一首國語老歌那樣地過時
行走的時候
被光撥動影子

——坂茂建築設計事務所，2019 年完工啟用

導覽內容

亞洲大學現代美術館

「從三角形的外面到
裡面是這樣
像鬆開一隻黃色的靴子

從裡面到外面
不太一樣
像是一隻反面的襪子

柱子像鞋帶掛在
洗衣籃的入口
一輩子是緊的但一天是鬆的

你看到光嗎
比較淺的水泥或是玻璃的那種感覺
光是更早之前的固體

像滾筒洗衣機
讓樓梯打結
是一個祕密的手段

逼近清晨
所有疲倦的織物
都開始慢慢產生毛球

你可以不斷地走
直到你穿過正午的長牆
切開圓形的陽光」

——安藤忠雄建築研究所，2013 年完工啟用

「約拿被鯨魚吞進肚子裡」

高雄流行音樂中心

我們來看一場演唱會
看藤壺掛在天空上

輕軌從天邊滑過

周蕙從升降台上出來
跟我們想像中的樣子一樣

鯨魚持續地在移動

從臥室
一直走到廚房

輕輕地哼歌
太陽像草球在地上滾動
停下來的時候散開
變成珊瑚

很長的一段時間裡
我們待在囊袋裡休息
像一個故事
在無人的街邊
如氣味一般安心地散去

——Manuel Monteserin 團隊與翁祖模建築師事務所合作設計，2021 年啟用

院子

台北市立美術館

我總是先想起那個院子
記得那些交叉
光穿過那些交叉

打在葉子上
葉子晃

走出來的時候雨已經停了
我看著地板
石頭地板

石頭裡面還有玻璃
玻璃裡面還有船

船穿過去
一個院子
船穿過那些袖子

有人正蹲著黑著腳清洗
有人像雷一樣逃避

——高而潘建築師事務所，1983 年完工

十一、交通建築

倉庫的對面是鐵皮施工圍籬
上頭紅色的旋轉燈持久性地不亮
偶爾火車經過
腳下的枕木驚醒
我的半夢半醒的十五歲

圖　姜樂靜建築師事務所提供

結束營運

20號倉庫

「感謝各界長年以來對於臺中20號倉庫藝文空間的支持，因臺灣鐵路管理局即將啟動『臺中車站鐵道文化園區興建營運移轉案』，故本局配合於一〇七年十二月三十一日起停止20號倉庫藝文空間的營運。再次感謝各界多年來對於臺中20號倉庫的參與及關懷，亦期許未來新的經營團隊為20號倉庫注入更多藝術與人文的內涵，提供市民與大眾更好的藝文園地。

另20號倉庫之網站將於一〇八年一月二十日起關閉。」

我也曾夕陽一樣斜斜地抵達那裡
我在那裡碰見一個大人
在我十五歲的時候

在他二十五歲的時候

在那麼多藍色鐵拉門後面
木頭的樓中樓
他說他有一個簡單的衛浴
他說歡迎光臨
他說這裡沒有冷氣

我到很久以後才領略藝術家跟工人之間的關係

倉庫的對面是鐵皮施工圍籬
上頭紅色的旋轉燈持久性地不亮
偶爾火車經過
腳下的枕木驚醒
我的半夢半醒的十五歲

我記得那些鐵鏽、那些漆
那些植物生長在悶熱的夏天裡我的傍晚
每一盞街燈亮起來我的暫停

我的時間的運營
直到有人看見我的張望

他説他即將要去一個遙遠的地方
我在朦朧裡覺得那是好的
但大多數我是不懂的
關於如何箍起自己的黑髮
挽著袖子
對著即將的夜晚放聲地笑

説穿了 20 號倉庫就只是一個我老早想繞過去
但一直繞不過去的後站倉庫群落
還好黃昏老是分岔

我感覺到所有東西的聲音
我感覺到聽
我學會坐著，單槍匹馬
面前的天空不斷下降
但萬物習以為常

萬物安靜不已

我感覺到生長
以及與生長一般的鋼筋
焊進我的身體

直到火車站再次啟用的隔年
我也曾夕陽一般
斜斜地抵達另外一個即將打烊的倉庫
那時舞台劇正在散場
秋風獵獵，我在更久之後才得到消息

——姜樂靜建築師事務所，2000 整建完工

新堤防提案

高美二號海堤

由香山濕地往南走，過了大甲溪，就是高美濕地。

太陽、海，然後是雲林菀草，草長到盡頭，海岸線隆起約三米，上頭有木構造的涼亭——木頭的柱基，用金屬構件鎖在水泥的堤防上。

堤防是濕地跟街道具象的關係。

Project 1.

將其中一段切開，梯形的

量體置換成凹字型的中空玻璃盒子

（用強化玻璃搭著海，具有視覺的穿透性，你走到其中一段
堤防，可以從街道看見五公尺的海，以及海的玻璃爪具。）

在其中放一把木桌，幾張木椅
（空間大小約為四個人的）
太陽這樣進來
透明的堤防

厚蟹張望著岸上的旗子
風經過，一整個下午
海可能來
你坐在裡頭
看見海的組織與骨骼
你喝咖啡
你離開

（沙子與貝類的碎屑，留在玻璃的窗台上。）

雲拿走混凝土的灰色

雲是重的
玻璃清澈對海
木地板委婉地腐爛

Project 2.

堤防本身是高度的，而非寬度的。
一個凸字型約三米高的實體
往裡頭挖洞
堤防裡的隧道出口，光來自
海岸或街衢。

（保持堤防高度，但在寬度上雕刻。一個線性的幾何公園，將水泥雕塑成旋轉梯、坡道、長椅、塔樓、溜滑梯。一座海邊的遊樂場，或大教堂。）

拉平城市的沙穴
篩子一般地
將人濾出來

身體一般寬的孔洞
浪會來訪
浪是混凝土的詩歌
當你
解開一個貝類

（實體的堤防變成活動的發生地。人與蟹鑽出堤防、見過大海，海也將回到孔洞，填滿被挖掉的空間。）

只要你意識
海便校正水泥的語言

——第三河川局，2007 年再修建完工

白雲之歌

新竹轉運站

一朵鋼構的雲
請你告訴我
穿過外圍的沖孔鋁板
我要直到天色全都暗了下來
才看見裡頭的紅色

鋼筋混凝土的剪刀梯
穿過鮮紅色
鮮紅色下方的筒燈
城市被篩成無數個圓孔
圓孔裡的車站鐘樓
鐘樓後方的太平洋百貨

我也在那裡面
其中一個隔間
這些奔跑的銅管樂器、打擊樂器所組成的
這個樂隊究竟是什麼

雲包圍房子巨大的皮層
我在三樓的露臺
夕陽像是薩克斯風疊在
口琴上
大提琴擁有每一種橘色
像一排金色的紙鶴站著
沉思的雲啊
請你告訴我
如果有人反覆地問我

在子夜之前
在黎明之前

在所有的材料組成空間之前
竣工與拆除有什麼區別
經過雲層裡的每一次靜電
像經過月台或花叢
有人問過我
但一座城市不就是雷響前的那一刻鐘

——大元建築工場，2016 年啟用

在河中央

津梅棧道

我也曾走
有時候鐵板不為了成為橋
蘆葦不為了邊緣

伸出花穗
緊貼著城市的肋骨
金屬的垂降

河流從
鏤空的地板出來
我看了它一眼

眼光盪起鞦韆
不斷拋
不斷拋遠

那太陽拋給我的我也
拋還給夕陽
我不是橘色的人

——田中央聯合建築師事務所，2008 年完工

臨時停車格

花蓮火車站改建

在所有來往的消息裡
所有光滑的與
陳舊的消息裡
屋簷緩慢地滑動

鳥鳴淹過廣播

長燈管彎進中空的山
所有條狀的與
圓潤的支架
拼接木構造底下的
人正指揮

更高的雲在更高的地方臨停
或即行

風是既陌生又熟悉的
山的引擎
從哪裡來
我們站在小的島上
向更小的島告別

等待的時候
車站是一座靜止的黃昏

——張樞建築師事務所，2018年啟用

太陽持續移動
誰的票根上都有一個小孔

圖　謝宗諺拍攝

圖　攝自崎宗田嘯

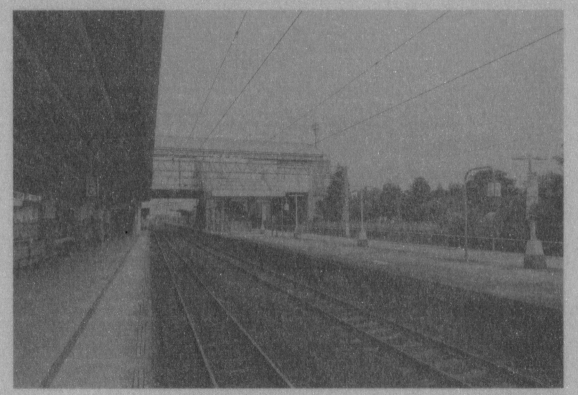

離家

沙鹿火車站

非得要的話
我會選擇日日春

固定不動的樣子
作為一種材料
站在月台上
我要向誰說呢

太陽持續移動
誰的票根上都有一個小孔

我看過柑橘鳳蝶

那麼漂亮自信的幼蟲
像一整座平原的心

跋詩　台灣近代建築史筆記

2022於國父紀念館觀「現代之眼——
張肇康先生百年冥誕建築紀念展」後

1918　王大閎出生於北平，廣東東莞人。

1921　陳其寬出生於北平。

1922　張肇康出生於廣東，祖籍廣東中山。

當你把人像棋子一樣排成一排
有前有後
歷史就成了一張譜
而譜最常見的用途就是網魚

1941　王大閎進入美國哈佛大學研究所，師從葛羅培斯。

1945　王大閎於《INTERIORS》雜誌發表「城市中庭住宅」。

二戰結束。

1950 張肇康錄取美國哈佛大學設計研究生院，師從葛羅培斯。

1951 陳其寬進入葛羅培斯創建的協同建築事務所擔任設計師。

昨天凌晨四點整個系館的人都倒在桌上睡著了
每個人抱著自己的池塘
日出的光線打在頭顱上
產生出荷葉般的蔭

1953 王大閎在台北開設大洪建築師事務所，同年完成事務所首件作品「建國南路自宅」（已拆）。

1954 張肇康、陳其寬、貝聿銘合作規畫設計台灣東海大學。

後來我們更熱衷於去愛人
在起伏的山坡上只有愛是現場
我們把情詩寫在牆壁上
牆壁生出了門

1958 張肇康－東海大學舊圖書館、東海大學體育館。

1959 陳其寬－東海大學校長公館、東海大學奧柏林中心。
1960 陳其寬擔任東海大學建築系創系系主任。
1963 陳其寬－東海大學舊藝術中心、東海大學衛理會館。

教授說：「他們在預算最好的時機點，
做出他們想要做的事情。
他們可能不知道這就是經典。」

1968 王大閎登陸月球紀念碑計畫案於美國《P/A》雜誌12
月號發表。

1972 王大閎－外交部辦公大樓、國父紀念館。

出社會工作之後偶爾回到學校
看著以前上坡下坡的自己
變成一排柱子
舊圖書館前面原來是一個荷花池
斬石子的長椅前方五米處
立著小小的石頭矮燈
沿著這一排矮燈走

盡頭是一片不老的相思樹林

1992 張肇康於香港逝世。
2007 陳其寬病逝於美國舊金山。
2018 王大閎在台灣的睡夢中辭世。

直到現在我還是會在台北的街頭抓魚
抓魚有一個訣竅
只要在房子的前面站得夠久
磚牆就會漸漸變得透明
不要忘記身體
因為身體是時間的樓梯

後記

當我必須真正為它們寫下什麼，已經是在離開大度山的更久之後。我人生的第一堂建築設計課，那時天氣正好，秋天的光打在空曠的貓砂——東海建築系對於中庭級配池子的暱稱——，學生分組跟老師選擇一個角落，圍著圈子坐了下來。老師問：「什麼是建築？」

但比起建築，在那個現代主義的白色房子裡，我更常私自類比地問自己，什麼是文學？

■

文學在建築系裡是一種走私物。我總在每個學期無限膨脹的必修課程裡，幫自己放進幾堂中文系的課，走在德耀路上、往H大移動的這一小段坡，便成了我的儀式。在一次課間休息，當我意識到上課鐘響，才發現不知道昏睡了多長時間，而課桌上卻多了一本精裝的羅伯·威爾森。老師看到我醒來，走到我旁邊小聲跟我說，他也是有建築背景的劇場導演，我覺得你會喜歡，這本書送給你。那時我的臉上還有紅色的睡痕，我發窘地揉了揉眼睛，而老師已經翩翩地走回講台。

她是高禎臨老師，感謝老師帶著我領略經典與當代劇場，那一天我將永遠記得；也感謝我曾受學的芬伶老師、慶元老師，以及後來因畢業前夕設計繁重而錯過的叔夏老師、餘佐老師。在我建築系最痛苦、也最扭曲的五年裡，你們是讓空間存在的光。

因為如果要編年，這裡才是起點。

■

《坡上的見證者》收錄的作品完成於二〇二〇年至二〇二三年。當時我和指導教授寶云老師，以及另外兩位主修生，坐在東華大學後門中正路上，還沒歇業的連鎖咖啡廳裡。寶云老師問我，難道你除了文學以外，沒有喜歡其他東西嗎？你不喜歡建築了嗎？

其實我一直很害怕回答這個問題，但也因此我萬分感激。我和老師花了幾乎整個碩士學程的時間，每次討論都交出幾首不同房子的詩作，一間、一間地走完幾乎整個台灣，也在這本詩集裡留下大量花蓮的足跡。除了經典建築裡由幾何、構造所創造出來的空間經驗，如果詩可以傳遞或保留某些價值，我想也為它們留下紀錄。期間碰上新冠疫情，封城之下的我們無處可去，我和國峰乾脆就在東華偌大的校地裡散步起來，人與人之間的社交距離至少二十米起跳，我們的肩頸還因此留下曬傷的脫皮。

感謝我的主修張寶云老師，是老師帶著我啟動了這個詩集；也感謝我的口考委員許又方老師、翁文嫻老師，是你們見證、也鼓勵了這本詩集的第一次發生；感謝在東華期間有幸相會的每一位老師，以及每一位真誠的創作者。也要特別感謝達陽學長，如果不是學長從楊牧書房的那個下午開始，一路提攜和支持，就不會有《愛人蒸他的睡眠》，也不會有《坡上的見證者》。

感謝文學讓我們相遇，如果我的文字曾經創造出一點價值，那也將全部屬於你們。

■

其實時間不去也不來，只是人站在河邊相愛。

我在不同的時刻都曾經提問，但我並不真的得到回答。建築系因為自身評圖機制與模型、圖學的要求，創造了幾乎工作室全年不熄燈的特殊風景。二十歲上下的青年們像是進行著一場生存的嘉年華，屋頂漏水時我曾在燈軌上倒掛雨傘接水，寒流來襲時我也曾在天亮前的那一刻渾身打顫。戴上了手套握不住針筆、不戴上手套又冷得畫不出直線，我們近乎幽默地彼此嘲笑，又在收圖前夕像受困在高山雪原，得輪流叫醒陷入昏迷的人。當身體和臟器都如同蘆葦一般摧折，我也曾問，我們總得先成為一個人，才能是一位建築師的吧？

同樣地，我也習慣問，我們總得先成為一個人，才能是一位創作者的吧？拉著國峰上山下海，穿越各種僻徑，尋找一棟其實可能並不起眼的房子，也慢慢成了一件不算稀奇的事。這也成為我生命中的快樂，當我不再單純追求作為客體的建築，而是重新追索我作為一個觀看者的主體，所有的激越也慢慢沉緩下來。能夠重新好好端詳一棟房子，說來有趣，也是在離開大度山的更久、更久之後。

於現在的我而言，詩是視角。

當生命沉得越深、越能自由移動，看見由所有瑣碎表象所集合的整體，並擁有指認的能力，詩便成立。猶如站在地表的人，將來自宇宙不同角落的光點指認為一個星座，借用學者程抱一的說法，「這些『星座』通過它們交錯的光焰，創造出一個廣大的含義場。」不同的詩人站在不同經緯度上，透過各自的語言表達出同一個宇宙，既重疊又相異，是他們將我留在這裡。將對世界真實的認知擴張到極限，卻對人的存有傳遞出無比美好而堅定的信念，對我來說，這就是文學的價值。

穿越每一種荒謬，和生命的本質握手。感謝我的伴侶國峰，我們陪著彼此在歲月裡沉潛。如果我有增加任何一點的舒展與自在，都是你的功勞，是你讓我重新學習成為一個完整的人。當然還有我們的貓，胖胖。

■

成書之前，很高興能和我畢業設計的指導老師謝宗諺合作，從建築手稿開始發想，一路發展到現在的十二組配圖。每一組圖片都有一張空間的現場照，以及將詩句意象作為參數，讓AI重新生成的虛擬空間圖，藉由AI的轉換，讓實體空間不斷逼近詩作的想像空間。

如同創造一個詩的世界。在兩張描圖紙上，讓真實與虛擬空間重疊，能夠知道來處、也能想像去處，既彌合了建築與文學之間的高差，也表達出對具象和抽象的觀點，這是我由衷喜歡的設計。再次感謝我的指導老師謝宗諺，以及邱浩修老師的技術支援，當然還有在東海建築遇見的每一位前輩、師長、建築人，詩集封面的東海建築系館是我小小的心意。

感謝二話不說幫我寫序的蕭詒徽，你是我這一年最美的夢；感謝九歌出版社和沛澤無數的幫忙；感謝替這本詩集掛名的每一位推薦人；感謝姜樂靜、黃聲遠建築師，能擁有你們設計的公共建築是所有人的幸運；以及這本詩集裡的每一件建築作品，建築裡頭外頭的每一個人，你們是我的時代。

■

當我站在雲門新家的草坡上，我才明白保留林相的決定本身就極具力量。樹木看著吊車來、看著觀眾走，人像潮汐一樣進退於這座山頭，而它們就只是慢慢地生長，並見證這一切發生。

房子也是，站在房子前的人也是。提筆的現在，剛好是十月二十八日，也是二〇二三年第二十一屆臺灣同志遊行的日子。二〇一八年同婚公投時，我還在宜蘭田中央實習，在事務所發過連署書、也在結果公告後難以入眠；距離同婚元年的二〇一九、寫下〈喜餅店〉的二〇二〇，金箔還在延展，感謝有人仍日夜用生活敲打，創造更加平權的島國。感謝我的父親，我的建築生涯因你而開啟；也感謝我的母親，對於我總是多所包容；以及我的每一位家人。當然也祝你生日快樂。

獻給所有，包括以文學見證世界的每一位先行者。見證，是因為知道最好的此刻已然形成。是以為記。

2023.10.28 於劍潭整宅

九　歌　文　庫　1420

坡上的見證者

國家圖書館出版品預行編目（CIP）資料

坡上的見證者／陳顯仁著 . -- 初版 . -- 臺北市：九歌出版社有限公司, 2023.12
面；　公分 . --
ISBN 978-986-450-626-2(平裝)
863.51　　112018644

作　　者——陳顯仁
AI製圖——謝宗諺
技術協力——邱浩修
責任編輯——洪沛澤
創辦人——蔡文甫
發行人——蔡澤玉
出　　版——九歌出版社有限公司
台北市105八德路3段12巷57弄40號
電話／02-25776564・傳真／02-25789205
郵政劃撥／0112295-1

九歌文學網　www.chiuko.com.tw

印　　刷——晨捷印製股份有限公司
法律顧問——龍躍天律師・蕭雄淋律師・董安丹律師
初　　版——2023年12月
定　　價——480元
書　　號——F1420
ISBN——978-986-450-626-2
9789864506255（PDF）

本書榮獲
文化部 MINISTRY OF CULTURE 青年創作獎勵
財團法人國家文化藝術基金會 National Culture and Arts Foundation NCAF「國家文化藝術基金會」出版補助

（缺頁、破損或裝訂錯誤，請寄回本公司更換）
版權所有・翻印必究　Printed in Taiwan